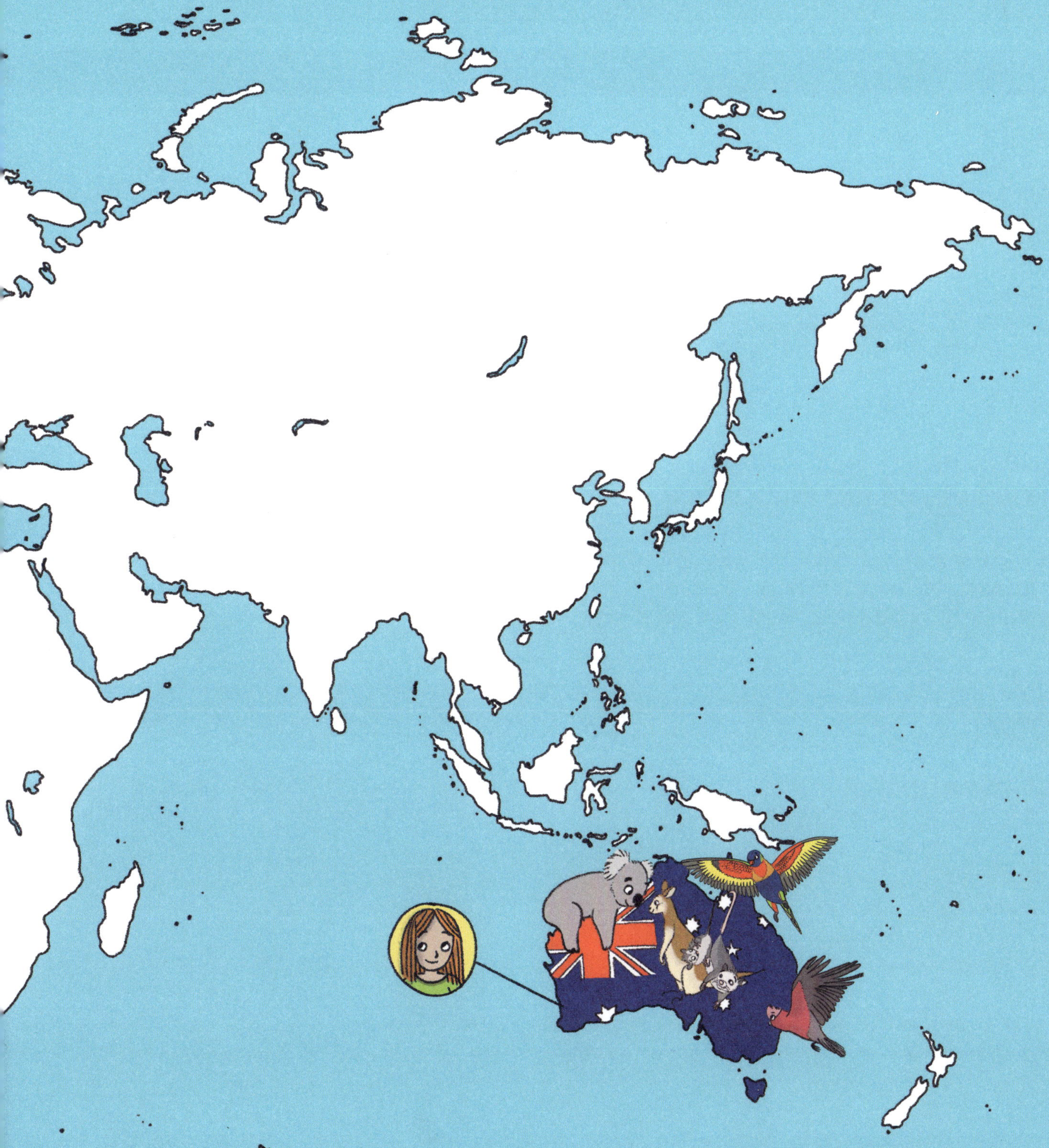

Vielen Dank von Kerstin Hau geht an ...

Gabriele Urban, Goethe-Institut Melbourne, für die freundliche Beratung.
Caroline, Joss, Milla und Lorna für das geduldige Beantworten meiner vielen Fragen .
Graciane, Dirk, Felipe und Vitor für den inspirierenden Austausch.

FSC www.fsc.org MIX Papier aus verantwortungsvollen Quellen FSC® C043106

Klimaneutral Druckprodukt ClimatePartner.com/13493-2311-1006

Originalausgabe

www.windy-verlag.com

Text: Kerstin Hau
Illustration: Lucie Göpfert
Grafik: Anna Zörner
Lektorat: Dr. Ines Janet Engelmann

Druck: Grafisches Centrum Cuno GmbH & Co. KG; Calbe
Printed in Germany

ISBN: 978-3-948417-31-4
1. Auflage 2023

KERSTIN HAU
LUCIE GÖPFERT

SOMMER BEI DIR
WINTER BEI MIR

Windy
VERLAG

HALLO UND OLÁ! DAS IST JULIANS FAMILIE

Julian ist sieben Jahre alt. Er wurde in Deutschland geboren, seine Schwestern **Fee** und **Larissa** in Brasilien. Julians Familie spricht Portugiesisch und Deutsch. Seit ein paar Jahren lebt sie in Deutschland zwischen Weinbergen und einem Fluss. Julian und seine Schwestern gehen in die Schule. Ihre **Mama** ist Informatikerin und entwickelt Programme für Computer und Handys. Ihr **Papa** arbeitet als Zweiradmechaniker. Er repariert Fahrräder, E-Bikes und Motorräder. **Flip** und **Flop** heißen Julians Kaninchen. Am liebsten hoppeln sie über die Wiese und knabbern Löwenzahn.

Mein Teakwondo-Gürtel

MEIN(E) LIEBLINGS-

freund(in) heißt: Keo

farbe ist: Rot

tier ist: Elefant

essen ist: Spaghetti mit Tomatensoße

sport ist: Taekwondo

hobby ist: Kinderfeuerwehr

UND DAS...

...finde ich total doof: böse Menschen (Fleisch essen)

...will ich mal werden: Polizist

...kann ich richtig gut: rennen

...ist mein größter Wunsch: Meine Cousine Jill in Australien besuchen.

...sammle ich: Aufkleber

EINE ZEICHNUNG FÜR DICH:

MEIN(E) LIEBLINGS-

freund(in) heißt: Ella

farbe ist: Blau

tier ist: Delfin & Meeresschildkröte

essen ist: Pfannkuchen

sport ist: Surfen & Netball

hobby ist: Tiere pflegen

UND DAS…

…finde ich total doof: Buschbrände, Plastik im Meer, Rosinen

…will ich mal werden: Umweltschützerin oder Tierärztin

…kann ich richtig gut: schwimmen

…ist mein größter Wunsch: Meinen Cousin Julian in Deutschland besuchen.

…sammle ich: Muscheln, Steine, Federn

EINE ZEICHNUNG FÜR DICH:

HI UND HALLO! DAS IST JILLS FAMILIE

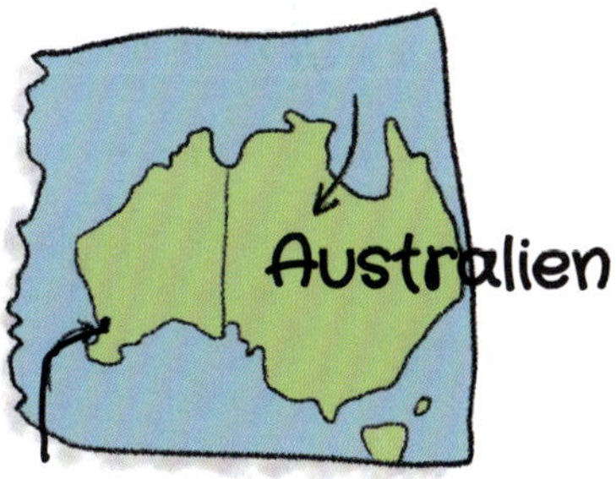

Jill ist acht Jahre alt. Sie wurde in Deutschland geboren, ihr Bruder **Liam** in Australien. Jills Familie spricht Deutsch und Englisch. Seit ein paar Jahren lebt sie in Australien nicht weit vom Strand am Meer. Jill besucht die Schule. Ihr Bruder Liam kommt in die Vorschulklasse wie alle Kinder mit fünf Jahren. Ihre **Mama** ist Fotografin. Sie fotografiert Tiere und Pflanzen, manchmal auch unter Wasser. Ihr **Papa** arbeitet als Pfleger im Krankenhaus. Er hilft kranken Kindern, gesund zu werden. **Dotty** heißt Jills Hund. Sie ist ein Australian Kelpie. Dotty liebt Ballspiele und Ausflüge.

JANUAR WINTER

Das Jahr beginnt im Januar mit dicken Schneeflocken. Eine weiße Decke hüllt alles ein. „Es schneit!“ Fee wickelt einen Schal um ihren Hals und Larissa fragt: „Wo sind meine Handschuhe?“ Julian zieht rasch eine warme Jacke, dicke Socken und Stiefel an. „Erster!“ Der Schnee knirscht unter seinen Füßen. Mit dem Schlitten rodelt Julian einen Hang hinab. Papa wirft aus Spaß einen Schneeball. PATSCH. „Komm, wir bauen ein Schneepferd!“ Danach füttert Julian die hungrigen Vögel. Mit lautem TSCHILP und Flügelflattern drängen sie ans Vogelhaus. Wem gehören die Spuren im Schnee?

JANUAR SOMMER

Das neue Jahr beginnt im Januar mitten in den Sommerferien. Der Himmel leuchtet tiefblau und das Meer rauscht glitzernd in der Sonne. AU-AU rufen die Möwen. Am Strand sind viele Menschen. Hier und da flattern australische Flaggen wegen des Australien-Tags. Im warmen Sand bauen Liam und Papa eine Sandburg. Jill setzt ihre Sonnenmütze ab und cremt sich mit wasserfester Sonnenschutzcreme ein. „Wer geht mit mir schnorcheln?“ Mama schnappt sich die Taucherbrille und die Flossen. „Eine Abkühlung im kalten Wasser tut gut. Los geht's!“ Zusammen mit Mama entdeckt Jill im Meer Korallen und Muscheln. Was sieht sie noch?

FEBRUAR
WINTER

Im Februar wachsen Knospen an den Bäumen und Sträuchern. In der Stadt schmilzt der Schnee. Geschmückte Karnevalswagen und verkleidete Menschen drängen durch die Straßen. „Helau und Alaaf!“, rufen Julian und Keo. Bonbons regnen auf die Freunde herab. TARAM-TARAM trommeln die Musikantinnen. Mit lautem KAWUMM knallt die Konfettikanone. Kleine, bunte Papierschnipsel segeln durch die Luft. Keo isst einen Berliner. „Mmh! Lecker!“
Hoch oben am Himmel trompeten die Kraniche KRUU-KRARR.
Die Zugvögel fliegen nach Schweden, Norwegen oder Polen.
Dort brüten sie ihre Eier aus.

FEBRUAR SOMMER

Nach den Sommerferien beginnt im Februar die Schule. Jill zieht ihre Schuluniform an. Für die Mittagspause packt sie Apfelscheiben und ein Sandwich mit einem salzig-malzig schmeckenden Vegemite (sprich: weh-tschi-meit)-Brotaufstrich in ihre Lunchbox. „Hast du deinen Hut?“, fragt Mama. Vor der Schule ruft Liam: „Ein Hubschrauber!“

Mama dreht sich um. „Stimmt! Es brennt. Bestimmt, weil es lange nicht geregnet hat.“ „Die Feuerwehr löscht das Feuer“, weiß Liam. „Wenn ich groß bin, werde ich Feuerwehrpilot.“ Jill lacht. „Ha! Eine gute Idee! Heute wirst du aber erst einmal ein Schulkind.“ Da entdeckt Jill ihre Freundin Ella. Was erzählen die beiden sich nach den langen Ferien?

MÄRZ FRÜHLING

Im März sprießen hellgrüne Blätter aus den Zweigen und die Krokusse leuchten violett. Papa holt einen Korb. „Wir gehen in den Wald Bärlauch pflücken! Davon koche ich uns eine Soße.“ – „Au ja!“ Julian mag Papas Soßen und er mag den Wald. Dort riecht es nach feuchter Erde und Holz. KNIRSCH und KNACK tönen seine Schritte durch das Laub. „Seht mal, ein Eichhörnchen!“, sagt Mama. „Es sucht Futter für seine Jungen. Im Frühling werden die Tierbabys geboren.“ Julian entdeckt weitere Tiere. „Guckt mal hier!“ Die wärmende Sonne lockt Bienen aus der Winterruhe. Auch die Erdkröten kriechen aus ihrem Versteck. Wer schleicht durch den Wald?

MÄRZ HERBST

Der Herbst beginnt im März mit warmen Sonnenstrahlen. „Habt ihr Lust auf einen Ausflug?“ Mama holt ihre Fotokamera und den Picknickkorb. „Wir fahren zum Fluss und machen eine Kajak-Tour. Danach grillen wir im Park.“ – „Au ja!“ Jill mag Bootsfahrten und Barbecues. Der Fluss plätschert und Libellen schwirren pfeilschnell über das Wasser. Papa hilft Jill in die Rettungsweste. Mit leisem PLITSCH schneiden die Paddel in das Wasser. „Seht mal, zwei Trauerschwäne!“, sagt Mama. „Der schwarze Schwan ist das Wappentier Westaustraliens. Habt ihr das gewusst?“ Jill entdeckt noch andere Tiere. Welche Tiere sieht sie?

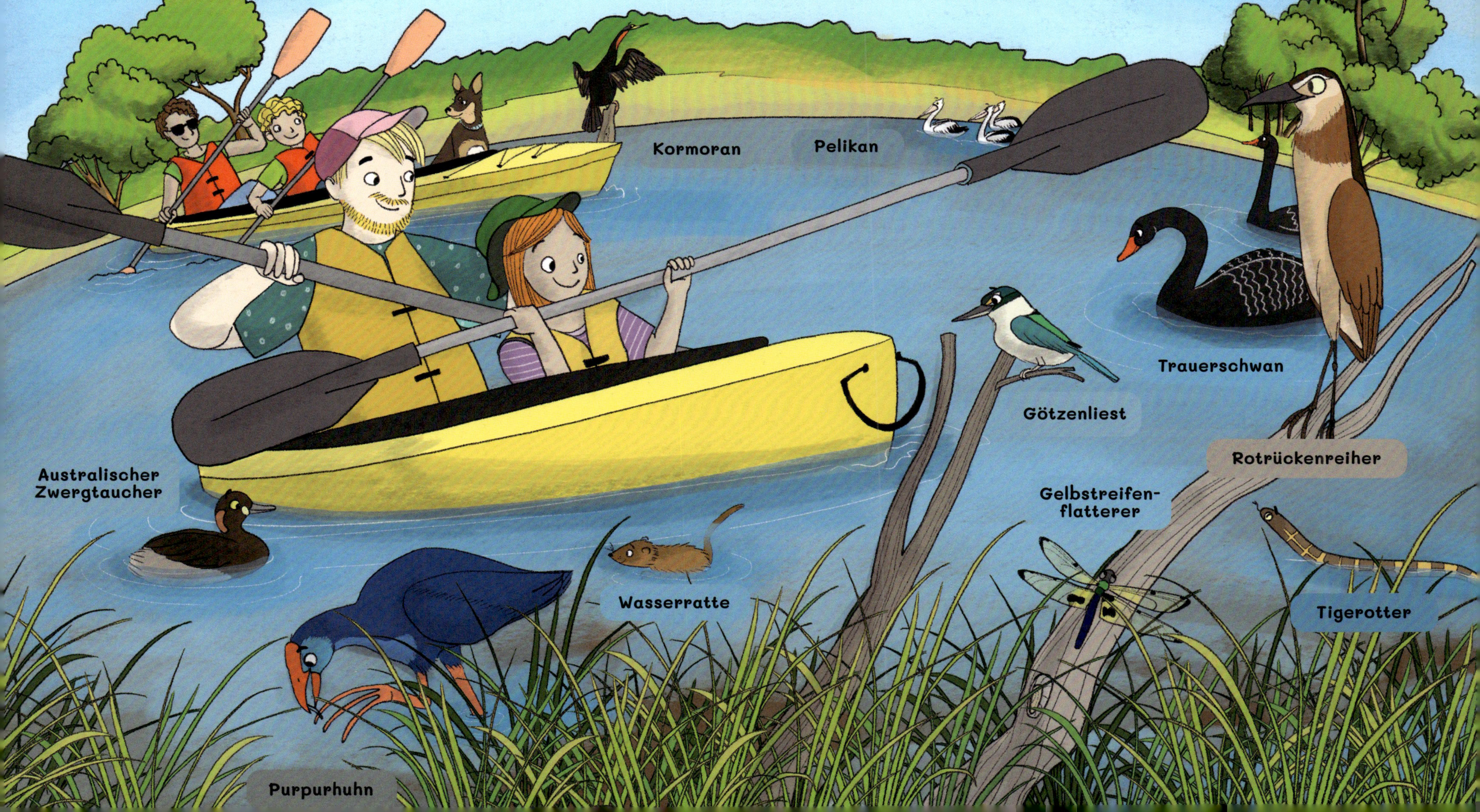

APRIL FRÜHLING

Die Osterglocken blühen gelb und in den Nestern schlüpfen die Vogelbabys. Papa holt einen frischgebackenen Kuchen aus dem Backofen. Julian atmet tief durch die Nase ein. „Mmh! Papa, der Kuchen riecht gut!“ Mama verziert die letzten ausgeblasenen Eier. DING DONG. „Wir bekommen Besuch“, sagt Larissa. „Hallo und frohe Ostern!“, sagt Oma. „Der April macht, was er will.“ Opa lacht. „Vorhin waren kaum Wolken am Himmel und jetzt sind wir pitschepatschenass.“ Während Fee ihren Osterkorb bestaunt, klettert Julian auf das Sofa. „Oma! Opa! Guckt mal! Der Osterhase hat überall bunte Eier versteckt! Helft ihr mir suchen?“

APRIL
HERBST

Einige Bäume färben im April ihre Blätter gelb. Im Stadtpark beginnt die Ostereier-Jagd. Das Oster-Beuteltier war da! Überall hat der Oster-Bilby Schokoladeneier versteckt. „Auf die Plätze, fertig, los!“ Jill und ihre Freundin Ella stürmen voran. Liam will der Schnellste sein. In kurzen Hosen und Turnschuhen flitzt er an den anderen Kindern vorbei. Er bremst, stolpert und purzelt auf den Boden. „Aua, mein Knie“, schluchzt er. Vorsichtig klebt Papa ein Pflaster auf die Wunde. Jill und Ella strahlen vor Glück über ihre vollen Osterkörbe. „Ich teile mit dir“, sagt Jill. Doch Liam will weitersuchen. „Da sind noch mehr Eier!“

MAI FRÜHLING

Im Mai locken die weiß-rosa Kirschbaumblüten Hummeln und Bienen an. SUMM. Julian genießt die warme Luft und den blütensüßen Duft. Zusammen mit Papa bepflanzt er ein Beet. Schnecken und Käfer kriechen oder krabbeln über Steine und zwischen den Blättern. Vögel zwitschern und suchen nach Raupen, Spinnen und Würmern. Die Vogelbabys haben großen Hunger. Zum Muttertag backt Larissa einen Kuchen, Fee pflückt Blumen für einen Strauß und Julian bastelt eine Karte. „Für dich, liebe Mama!“ Mama lächelt und umarmt alle drei. „Vielen Dank! Ihr seid toll!“ Gemeinsam mit Fee deckt Julian den Tisch. Was haben die beiden vergessen?

MAI HERBST

Im Mai pustet der Wind kräftig durch die Bäume. KU-KU-KU-KUAH-HA-HA schreit eine Gruppe Kookaburra. Die Vögel heißen auf Deutsch Lachender Hans, weiß Jill. Dotty will spielen und bringt Papa einen Stock. Zum Muttertag bereitet er den Grill für das Barbecue vor. Liam und Jill holen ein Luftballonherz, Blumen und eine selbstgebastelte Karte. „Für dich, liebe Mama!“ Bald feiert Jills Klasse in der Schule die Woche der Versöhnung mit den australischen Ureinwohnerinnen und Ureinwohnern. Sie erzählen, wie sie früher gelebt haben. Freundin Ella zeigt Jill ihre Traumzeitbilder. Was wird Jill malen?

JUNI SOMMER

Glühwürmchen-Abende begeistern Julian im Juni. In der lauen Luft fangen die Fledermäuse Stechmücken und Motten. FIZZ PAM PENG zischt, knallt und blinkt das Feuerwerk beim Stadtfest. Das schönste Fest ist jedoch Julians Geburtstag. Mama und Papa haben Lichter und Wimpelketten aufgehängt und sich lustige Spiele ausgedacht. Am knisternden Lagerfeuer backen sie Stockbrot. „Wir haben unsere Schlafsäcke mitgebracht!“, verkünden Julians Freunde. Zusammen wollen sie zum ersten Mal im Zelt übernachten.

JUNI WINTER

Der Winter bringt im Juni tosenden Sturm. Wie ein grauer Vorhang zieht Regen vorbei. Als alles wieder trocken ist, sagt Jill zu ihrer Freundin Ella: „Lass uns rausgehen und Netball spielen.“ Ella guckt sich um. “Wo ist der Ball?” Jill holt ihn hinter einem Surfbrett hervor und wirft ihn in den Korb. „Ein Punkt für mich!“ Liam, Mama und Papa fiebern mit den australischen Football-Spielern mit. Im Fernsehen läuft das Spiel ihrer Lieblings-Footy-Mannschaft. „Hurra! Hurra! Gewonnen!“ Liam springt jubelnd auf dem Sofa herum. „Nächstes Jahr gucken wir die Spiele im Stadion!“

JULI SOMMER

Mit einem sonnengelben Tag beginnen die großen Ferien im Juli. Hoch in der Luft zwitschern die Schwalben WITT-WITT-BIWIST. Julian freut sich auf das kühle Wasser im Freibad. Er setzt die Taucherbrille auf und schwimmt los. Aber was macht Papa da? PLATSCH! Der Bademeister guckt streng. „Von der langen Beckenrandseite darf niemand springen!“ Oha, das hat Papa vergessen. „Entschuldigung!“, ruft er kleinlaut. Larissa erfrischt sich mit einem Erdbeereis. Bevor die Wespen es entdecken, schleckt sie es schnell auf. Mama sitzt im flachen Wasser und schaut sich um. Wo ist Julians Freund Keo? Was machen die anderen Leute?

JULI WINTER

Im Juli beginnen die Winterferien. Jills Familie fährt zum Skifahren in die Australischen Alpen. Während in ihrer Heimatstadt der Regen prasselt, hüllt eine weiße Decke die Berge ein. Vom Sessellift aus sieht Jill ein Wildpferd. Es sucht nach Gräsern. „Guckt mal! Ein Brumby!“ Liam hat nur Augen für den Schnee. Er sieht und spürt ihn zum ersten Mal. „Schnee ist kalt, glitzert in der Sonne und knister-knirscht unter meinen Füßen.“ HIHI – Laut lachend lässt er sich in das flockige Weiß plumpsen. „Pass auf!“, ruft Papa. Aus Spaß wirft er einen Schneeball. PATSCH! Mama fotografiert einen Wombat. Welche Tiere knipst sie noch?

AUGUST SOMMER

Im August fährt Julians Familie in den Sommerurlaub auf die Insel Rügen. An der Ostsee schmeckt die Luft salzig. Sie riecht nach Algen und Fisch. Julian und Fee laufen barfuß im warmen Sand. Sie sammeln Muscheln, Stöcke und Steine. Das Meer rauscht und Wellen rollen schäumend auf den Strand.Die Möwen schreien: KRIIIÄRR. Nach den Ferien beginnt das neue Schuljahr. Julian zieht sein Lieblings-T-Shirt, eine bequeme Shorts und die neuen Turnschuhe an. Für die große Pause packt er ein Käsebrot und Apfelscheiben in seine Brotdose. In der Schule erzählen die Kinder von ihren Ferien. Was erzählt Julian?

AUGUST WINTER

Im kühlen August besucht eine Autorin aus Tasmanien Jills Schulklasse. Sie hat ein Sachbuch über Tiere mitgebracht. „Habt ihr gewusst, dass manche Tiere bei Gefahr ein stinkendes Sekret absondern?“ Jill meldet sich. „Ja! Aus Deutschland kenne ich die Grüne Stinkwanze. Die macht das.“ Auf echte Tiere freut Jill sich an ihrem Geburtstag. „Happy Birthday to you“, singen ihre Party-Gäste. Mama und Papa haben sich eine Zoo-Rallye ausgedacht. „Der Helmkasuar ist der zweitgrößte lebende Vogel Australiens“, liest Jill vor. „Die Männchen kümmern sich allein um die Küken.“ Welche Tiere gibt es noch im Zoo?

SEPTEMBER HERBST

Im September blühen die giftigen Herbstzeitlosen in Violett. Die Bäume werfen lange Schatten und die Sonne hüllt alles in ein goldgelbes Licht. In der Schule feiert Julians Klasse den Weltkindertag. Zuhause erzählt er: „Jedes Kind hat Rechte! Kinder dürfen mitbestimmen!“ Übers Wochenende fährt Julians Familie nach Berlin. Das haben sie gemeinsam entschieden. Mama läuft beim Marathon mit, einem besonders langen Wettlauf. Julian staunt über die vielen Menschen. Was für ein Trubel! Fee schwenkt eine Fahne, auf der Mamas Name steht: NIVIA. Nach dem Startschuss rufen Julian und Fee: „Los, Mama! Lauf!“

SEPTEMBER FRÜHLING

Rosarot und gelb blühen die Wildblumen im September. Hoch in der Luft tuten die Spaltfußgänse WOCK-WOCK. Auf der Landwirtschaftsshow fahren Jill und Liam Karussell. „Jetzt noch Riesenrad!“, drängelt Liam. Beim Picknick feiern Mama und Papa den Sieg ihrer Lieblings-Footy-Mannschaft. „Prost und Cheers!“ Jill sieht ein junges Beuteltier. „Guckt mal! Das Koala-Baby klettert auf den Rücken seiner Mutter!“ Da kommt Liam angerannt. „Hilfe! Ein Vogel verfolgt mich!“ „Komm hierher“, ruft Papa. „Der Flötenvogel verteidigt sein Revier.“ Welches giftige Tier schlängelt sich durch die Wildblumen?

OKTOBER HERBST

Im Oktober färben die Blätter der Bäume sich gelb, orange und rot. Der aufbrausende Wind zieht und zerrt an ihnen wie an Fees Drachen. Larissas geschnitzte Kürbisköpfe schmücken das Haus für Halloween. Julian und Keo basteln Kastanientiere. Auf den Feldern rasten die Kraniche. KRUU-KRARR. Sie fliegen in ihr Winterquartier nach Frankreich oder Spanien. „Wollen wir eine Igelburg aus Blättern bauen?“, fragt Mama. „Au ja!“, ruft Julian. Wer springt – HUSCH HUSCH – den Baum hinauf und holt sich eine Nuss für den Winter?

OKTOBER FRÜHLING

Im Oktober blühen die Jacaranda-Bäume blauviolett. LIK-LIK-LIK rufen die Rosakakadus und fliegen auf. Jill drückt Samen in das Frühlingsbeet, damit sie bald Kürbisse ernten kann. An Halloween schlüpfen Ella und Jill in Gruselkostüme. Zusammen mit Freundinnen und Freunden laufen sie bei der Halloween-Parade mit. Auf der Grusel-Party sagt Mama im Spaß: „Aber Jill, was hast du für entsetzlich lange Zähne?“ „Dass ich dich besser beißen kann“, sagt Jill und reißt den Mund auf. „Uargh!“ Mama lacht und schießt ein Foto. Als was haben sich Liam, Mama und Papa verkleidet?

NOVEMBER
HERBST

Im November wabert der Nebel durch die kahlen Baumkronen. In der frühen Dunkelheit feiern die Kindergartenkinder das Fest des Heiligen Martin, der seinen Mantel mit einem frierenden Bettler geteilt hat. „Ich gehe mit meiner Laterne“, hört Julian die Kinder singen. Am Vorlesetag besucht ein Kinderbuchautor Julians Klasse. Er liest aus dem Buch „Viel Glück für Wally Wombat“ vor. Wally wird verwechselt und muss plötzlich bei einem Wettkampf mitmachen. „HA“, lacht Julian über die witzige Geschichte. „Was wisst ihr über Australien und die australischen Tiere?“, fragt der Autor. Julian meldet sich. „Ein Wombat ist ein Beuteltier.“
Was kann Julian noch erzählen?

NOVEMBER FRÜHLING

Im November genießt Jill die warme Luft und den fruchtig-süßen Duft der Frangipani-Bäume. WHIT-WHIT-WHITCHIT singt der Honigfresser. Papa und Jill basteln rote Papierblumen für den Mohnblumentag. „Am Poppy-Day denken wir an die australischen Soldaten, die früher im Krieg gekämpft haben“, erklärt Papa. „Dein UrurOpa war dabei. Die Blumen erinnern uns daran.“ Für einen besonderen Ausflug fährt Jills Familie mit einem Boot zu einer Bucht. Dort schwimmt sie mit Delfinen. „Na du!?“, sagt Jill zu einem großen Tümmler, der neugierig guckt. Zurück am Strand fischt Liam eine Plastiktüte aus dem Meer. „Igitt!“ Für wen sind Plastiktüten im Meer gefährlich?

DEZEMBER WINTER

Im Dezember gefriert das Regenwasser manchmal zu Eis. Das braune Sommerfell des Hermelins färbt sich weiß. Julian öffnet das letzte Adventskalender-Säckchen. „Heute ist Weihnachten!“ Zusammen mit Oma und Opa isst die Familie Kuchen und Plätzchen. Während Papa das Weihnachtsessen vorbereitet, besucht Julian mit Mama die Kirche. Fee spielt auf der Flöte „O du fröhliche“. Pappsatt von Fisch und Kartoffelsalat packt Julian ein Geschenk aus. „Wer spielt mit?“ Das alte Jahr endet im Winter, das neue beginnt mit einem Feuerwerk! FIZZ PAM PENG! „Frohes neues Jahr! Feliz Ano Novo!“

DEZEMBER SOMMER

Mit einem glühend heißen Tag beginnen die Sommerferien im Dezember. Schlangen streifen ihre alte Haut ab. ZZZZ. Kaulquappen werden zu Fröschen. QUAK. Mama schmückt den Weihnachtsbaum. Liam hängt Strümpfe für Süßigkeiten an die Betten. Für Santa Claus stellt Jill ein Glas Milch und einen Keks auf die Fensterbank. Für die Rentiere legt sie Karotten dazu. Am Weihnachtsmorgen reißen Liam und Jill die Geschenke auf. „Hurra! Ein Skateboard!", jubelt Jill. „Das muss ich sofort ausprobieren." Wie andere Familien picknickt Jills Familie zu Weihnachten am Strand. Das alte Jahr endet im Sommer, das neue beginnt mit einem Feuerwerk! FIZZ PAM PENG! „Frohes neues Jahr! Happy New Year!"

DEUTSCHLAND MITTEN IN EUROPA

Über **742 Millionen Menschen** leben in Europa. Die europäischen Länder liegen auf der Nordhalbkugel. Mitten in Europa liegt die „**Bundesrepublik Deutschland**". Die deutsche Hauptstadt ist **Berlin**.

Deutschland grenzt an **neun** europäische Staaten. Mit „Staat" sind ein Land, die darin wohnenden Menschen und die gemeinsamen Regeln, nach denen gelebt wird, gemeint.

In Deutschland und in anderen europäischen Staaten bezahlen die Menschen mit dem **Euro**. In den meisten europäischen Ländern fahren die Autos auf der **rechten Fahrbahnseite**. Das Lenkrad befindet sich im Auto vorne links.

EIN BUNDESSTAAT, 16 BUNDESLÄNDER

Deutschland ist ein **Bundesstaat**. Über **84 Millionen Menschen** leben verteilt auf **16 Bundesländer**. Jedes Bundesland hat eine eigene Landeshauptstadt. Berlin, Hamburg und Bremen sind gleichzeitig Städte und Bundesländer. Sie werden auch „**Stadtstaaten**" genannt. Jedes Bundesland besitzt ein eigenes **Landeswappen** und eine **Landesflagge**.

Die **Flagge** von Deutschland ist quergesteift. Sie hat von oben nach unten die Farben Schwarz, Rot und Gold. Der einköpfige Adler ist das **Staatswappen** der Bundesrepublik Deutschland.

NATUR

Etwa die Hälfte Deutschlands besteht aus Feldern, Wiesen und Weiden. Fast ein Drittel des Landes wird von Wäldern und Sträuchern bedeckt. Oben im Norden schmiegen sich die Nord- und die Ostsee an die Küsten. Dort liegen Sylt und Rügen sowie weitere Inseln. Von oben bis in die Landesmitte ist die Landschaft flach oder hügelig. Von der Mitte bis zum Süden wird es bergig. Hier wölben sich die Mittelgebirge wie der Harz oder die Eifel. Ganz unten im Süden erheben sich die Alpen, ein Hochgebirge.

SPRACHENVIELFALT

Die offizielle Sprache ist das bundesdeutsche Hochdeutsch. In einigen Regionen werden Mundarten gesprochen. Diese Dialekte sind zum Beispiel: Bairisch, Kölsch, Sächsisch, Hessisch, Schwäbisch oder Berlinisch. Außerdem gibt es Minderheitensprachen wie Friesisch oder Sorbisch. Zuwanderer aus aller Welt tragen zur Sprachenvielfalt bei. Viele Menschen sprechen neben Deutsch noch eine oder mehrere weitere Sprachen.

Schleswig-Holstein – Mecklenburg-Vorpommern – Brandenburg – Berlin – Sachsen – Sachsen-Anhalt – Thüringen – Bayern – Baden-Württemberg – Rheinland-Pfalz – Saarland – Hessen – Nordrhein-Westfalen – Niedersachsen – Bremen – Hamburg

Die größte Insel:	**RÜGEN**
Der längste Fluss:	**DER RHEIN**
Der höchste Berg:	**DIE ZUGSPITZE**
Das bekannteste Schloss:	**SCHLOSS NEUSCHWANSTEIN**
Der größte See:	**DER BODENSEE,** diesen teilt sich Deutschland mit Österreich und der Schweiz. Der größte See innerhalb Deutschlands ist **die MÜRITZ.**

AUSTRALIEN ZWISCHEN DEM INDISCHEN UND PAZIFISCHEN OZEAN

In Australien leben mehr als **25 Millionen Menschen**. Etwa die Hälfte der Einwohner lebt nah an den Küsten und in den großen Städten. Australien liegt auf der Südhalbkugel zwischen dem Indischen Ozean und dem Pazifischen Ozean. Die australische Hauptstadt ist **Canberra**.

Australien heißt im Englischen mit vollem Namen **„Commonwealth of Australia".** Commonwealth (sprich: kam-en-welts) meint den Zusammenschluss der australischen Bundesstaaten und Territorien.

Australien ist ein großes Land, aber auch der kleinste **Kontinent**. Wegen seiner roten Erde wird er auch der „**rote Kontinent**" genannt. Weil Australien auf einem Globus – einem kugelförmigen Modell, das die Erde darstellt – unterhalb des Äquators liegt und damit „unterhalb" vieler Länder, wird es auch „**Down Under**" (sprich: daun ander) genannt.

In Australien bezahlen die Menschen mit dem „Aussie", dem **Australischen Dollar.** Die Autos fahren auf der **linken Fahrbahnseite.** Das Lenkrad befindet sich im Auto vorne rechts.

EIN LAND, SECHS BUNDESSTAATEN, ZWEI TERRITORIEN

Das Commonwealth von Australien besteht aus **sechs Bundesstaaten** und **zwei Territorien**. Ein australisches Territorium ist ein Stück Land, das zu keinem Bundesstaat gehört. Jeder Bundesstaat und jedes Territorium besitzen ein eigenes Wappen und eine eigene Flagge.

Die **Flagge** von ganz Australien hat die Farben Rot, Weiß und Blau. Oben links zeigt sie die Flagge Großbritanniens, das ist die Flagge der ehemaligen Eroberer. Der große weiße Stern darunter besitzt sieben Zacken. Sechs Zacken stehen für die sechs Bundesstaaten Australiens. Die siebte Zacke steht für die beiden Territorien. Auf der rechten Seite der Flagge stehen fünf weiße Sterne. Sie stellen das Sternbild **„Kreuz des Südens"** dar.

Grün und Gold sind die offiziellen **Landesfarben**. Das **Känguru** gilt als Nationaltier Australiens.

NATUR UND JAHRESZEITEN

Mehr als die Hälfte Australiens besteht aus **Wüsten** oder wüstenartigen, flachen Landschaften. Sie ruhen in der Mitte des Landes und werden **„Outback"** (sprich: Aut-beck) genannt. Mehr als 10.000 **Strände** säumen die Küsten. Zwischen ihnen und dem Outback liegt das **Grasland**. Oben im Norden und Nordosten wachsen **Regenwälder**. Nordöstlich breitet sich im Meer das Große Barriere-Riff (**Great Barrier Reef**) aus. An der Ostküste türmt sich das **Hochland** mit seinen **Gebirgszügen**. Unten im Süden erheben sich die Australischen Alpen.

Anders als im Großteil des Landes, gibt es im nördlichen Teil Australiens nur **zwei Jahreszeiten**: Die Trockenzeit von Mai bis Oktober und die Regenzeit von November bis April.

URSPRÜNGLICHE EINWOHNER

Bis vor mehr als 230 Jahren lebten die **australischen Ureinwohnerinnen und Ureinwohner** ungestört auf ihrem Kontinent. Dann kamen die Briten und nahmen ihnen das Land weg. Die Briten vertrieben die Menschen aus ihrem Zuhause und verfolgten sie. Das veränderte das Leben der Ureinwohnerinnen und Ureinwohner massiv.

SPRACHENVIELFALT

Obwohl Australien keine offizielle Sprache hat, gilt **Englisch** als Landessprache. In einigen Regionen werden die **Dialekte und Sprachen** der Ureinwohnerinnen und Ureinwohner gesprochen. Durch die Europäer wurde Australien ein Einwanderungsland. Menschen aus aller Welt tragen seither zur Sprachenvielfalt bei. Viele Leute sprechen neben Englisch noch eine oder mehrere weitere Sprachen.

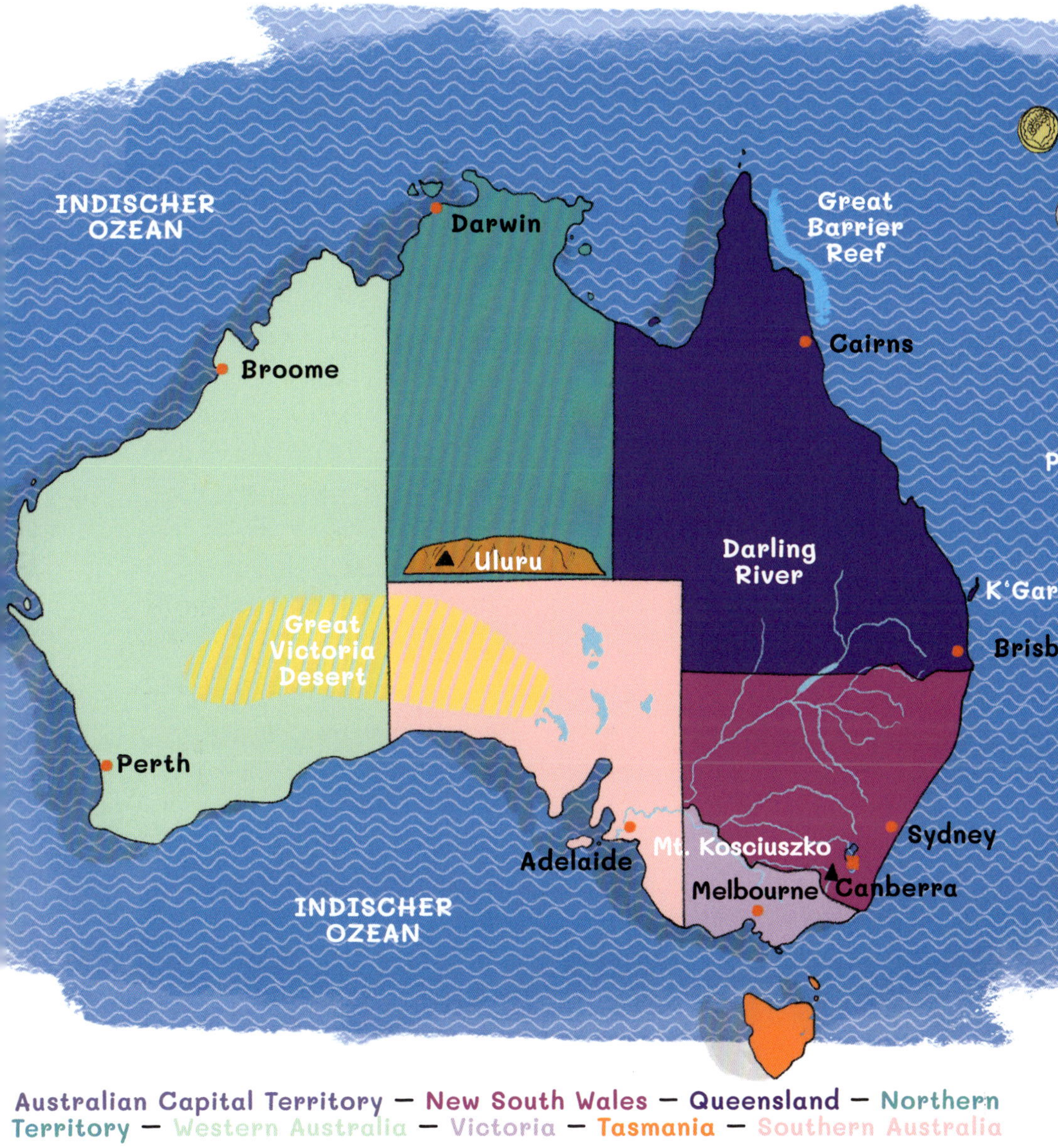

Die größte Insel: **TASMANIEN**
Der längste Fluss: **DARLING RIVER**
Der höchste Berg: **MOUNT KOSCIUSZKO**
Der bekannteste Berg: **ULURU** (früher: Ayers Rock)
Der größte See: **KATI THANDA** (früher: Lake Eyre)
Die größte Sandinsel (der Welt): **K'GARI** (früher: Fraser Island)
Das größte Korallenriff (der Welt): **GREAT BARRIER REEF**
Die größte Wüste Australiens: **GREAT VICTORIA DESERT**

WISSEN MACHT SCHLAU

WAS IST EIN ERDENTAG?

Die Erde dreht sich um sich selbst. Genauer gesagt, um die Erdachse. Die Erdachse ist eine gedachte Linie zwischen dem Nordpol und dem Südpol. Sie geht mitten durch den Erdball hindurch. In Uhrzeit gemessen dauert eine vollständige Drehung der Erde 24 Stunden. Das ist ein Erdentag.

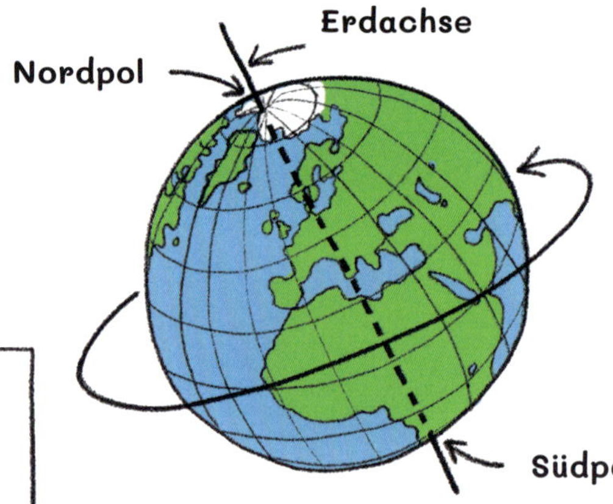

Der Nordpol ist ganz oben. Diese Gegend heißt Arktis. Dort leben die Eisbären. Der Südpol ist ganz unten. Diese Gegend heißt Antarktis. Dort leben die Pinguine.

WIE LANGE DAUERT EIN JAHR?

Den Mittelpunkt unseres Sonnensystems bildet ein Stern: die Sonne. Um die Sonne kreisen acht Planeten. Jeder Planet schwebt auf einer eigenen Umlaufbahn. Auch unsere selbstdrehende Erde kreist auf so einer Bahn. Um die Sonne einmal vollständig zu umrunden, braucht die Erde 365 Tage. So lange dauert ein Jahr.

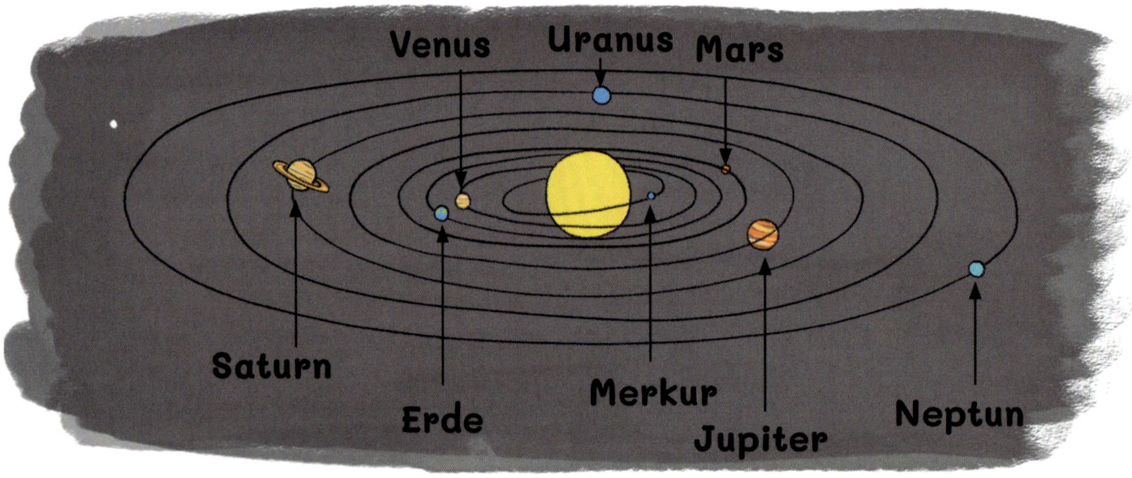

WIE ENTSTEHEN TAG UND NACHT?

Während die Erde sich um sich selbst dreht, treffen die Strahlen der Sonne immer nur auf eine Hälfte der Erdkugel. Auf der beleuchteten Erdhälfte ist es hell. Das ist die Tagseite der Erde. Auf der nicht beleuchteten Erdhälfte ist es dunkel. Das ist die Nachtseite der Erde. Der fließende Übergang zwischen Tagseite und Nachtseite heißt Dämmerung.

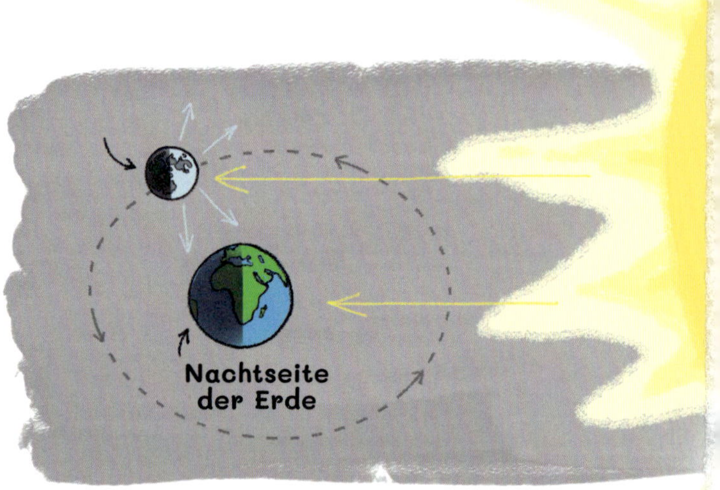

WARUM HAT EIN JAHR 12 MONATE?

Wie die Erde um die Sonne kreist, umkreist der Mond auf einer Umlaufbahn die Erde. In ungefähr 29 Tagen umrundet er einmal unseren Planeten. Gleichzeitig dreht der Mond sich einmal um sich selbst und zwar so, dass wir von der Erde aus immer die gleiche Mondseite sehen. Umrundet der Mond einmal die Erde, entspricht das einem Monat in unserem Kalender. Umrundet der Mond zwölfmal die Erde, entspricht das zwölf Monaten. Das ist ein Jahr. Ein Jahr besteht also aus zwölf Monaten oder 365 Tagen.

WIESO VERÄNDERT DER MOND SEIN AUSSEHEN?

Der Mond leuchtet, weil die Sonne ihn anstrahlt. Je nachdem, wo der Mond sich auf seiner Umlaufbahn befindet, sehen wir ihn in unterschiedlichen Formen. Bei Vollmond sind die Nächte am hellsten, weil die Sonnenstrahlen ungehindert auf die erdzugewandte Mondhälfte treffen. Bei Neumond sehen wir den Mond nicht, weil nur die erdabgewandte Mondhälfte von der Sonne angestrahlt wird. Die Erdseite des Mondes bleibt dunkel. Sichelmond und Halbmond sehen wir, wenn ein Teil des Mondes von der Sonne angestrahlt wird, während ein anderer Teil im Schatten liegt.

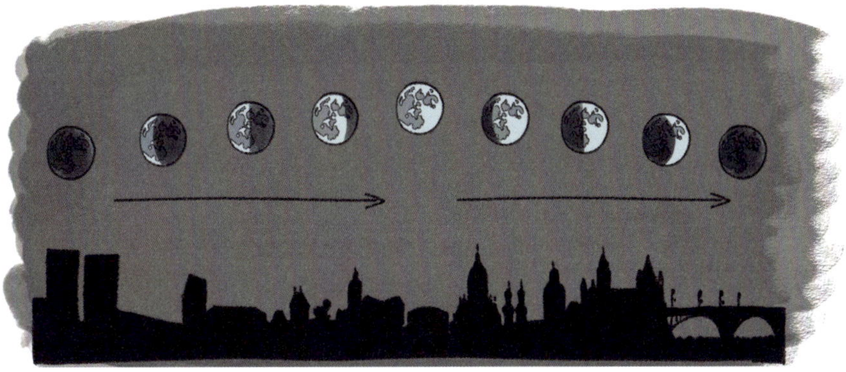

WIE ENTSTEHEN DIE JAHRESZEITEN?

Auf der Umlaufbahn bewegt die Erde sich nicht aufrecht, sondern leicht schief. Durch die Schiefstellung liegt erst eine Erdhalbkugel näher an der Sonne, dann die andere. Die Erdhalbkugel, die näher an der Sonne liegt, wird länger und stärker von den Sonnenstrahlen erhitzt. Die Tage sind lang und die Sonne erwärmt die Luft und den Erdboden. Die Pflanzen wachsen und gedeihen. In den kurzen Nächten kühlt es kaum ab. Es bleibt warm. So entstehen Frühling und Sommer. Auf die Erdhalbkugel, die weiter entfernt von der Sonne liegt, treffen viel weniger Sonnenstrahlen. Die Tage sind kurz und die Sonnenstrahlen erwärmen die Luft und den Erdboden nur für kurze Zeit. Die Pflanzen ziehen sich zurück. In den langen Nächten kühlen die Luft und der Boden aus. Es bleibt kalt. So entstehen Herbst und Winter.

Der Äquator teilt die Erdkugel in eine Nordhalbkugel und eine Südhalbkugel. Er ist eine gedachte Linie, die die Erde an der breitesten Stelle wie ein Gürtel umspannt. Während des gesamten Jahres treffen am Äquator die Sonnenstrahlen ungefähr gleich stark auf die Erde. Deshalb gibt es in Ländern, die in der Nähe des Äquators liegen, keine Jahreszeiten. Von Januar bis Dezember ist es dort heiß und feucht.

WARUM IST IN DEUTSCHLAND WINTER, WÄHREND IN AUSTRALIEN SOMMER IST?

Die Art wie die Erde um die Sonne kreist, bestimmt die Entstehung der Jahreszeiten. Weil Deutschland auf der Nordhalbkugel liegt und Australien auf der Südhalbkugel, ist in Deutschland Winter, während in Australien Sommer ist - und umgekehrt.